외로움은 외로움끼리
모여 산다

외로움은 외로움끼리
모여 산다

정순자 시집

시인의 말

켜켜이 쌓인 시간 속에서
긴 밤 뒤척이던
내 안의 수많은 웅얼거림
빗물조차 오래 머물 수 없었던
팽팽한 시간에 갇혀 있던 소리들

동시줄탁同時崒啄의 외로운 목마름 앞에서
깊숙이 다가온 절대자의 손길에
막 깨어난 씨앗들의 함성
봄 햇살 눈부신 언어를 입는다

2024년 봄

정순자

외로움은 외로움끼리 모여 산다

1부
부서진 꿈의 시신을 묻는다

2부

숲속의 새들이 말하기 시작했네

3부

기어이 이울어지던 어머니

4부

제 영이 붉어지나이다

5부

새벽은 무얼 말하고 싶었나

1부 ——————————————

부서진 꿈의 시신을 묻는다

연두에 머물고 싶다

식탁 한쪽
벽을 향한 여린 싹
고개 내밀더니
어느새 허공으로 올라선다
새순이 무리무리 늘어나면서
허공은 사라졌다

시간의 벽들이 와르르 무너져 내리자
순간, 시공은 진초록의 웅성거림으로
한뼘 흙더미 위에서
여린 연두가 초록을 향해 벽을 오른다

빛들의 함성
호흡 가다듬는 순간
발밑이 심하게 흔들렸다
먼 시간 비틀거리며 버텨온
아찔하고 휘어진 생

달빛 배꽃

달빛 스쳐간
배꽃
속살 숨긴 꽃망울
찻잔에 누워 있다

그대 그리움
가슴 가득 차오르면
찻잔 가득
달빛
피어나는 소리

오월 햇살 아래

연둣빛 잎새 사이 감꽃
아직 배냇잠의 순한 얼굴
살며시 물 위에 올려놓았다

밤새 입 꽉 다문 앙팡진 모습
꽃 피우지 못한 설움
가슴으로 밀려와

나는 어디쯤에서 밀려나
뿌리 없는 세상 휘적휘적
예까지 왔을까
굳게 잠긴 녹슨 기억
까맣게 타버린 언어들

향료처럼 뿌려지는 오월 햇살
피우지 못한 감꽃
부서진 꿈의 시신을 묻는다
오래오래
따스한 흙이 되라고

차창에 쏟아지는 기억

꽃이었어
아니
잎이었나 봐

아니 아니
햇살 슬픈
늦가을이었어

암호

'사랑합니다'의 대답은
'사랑합니다'가 아니라
'행복합니다'라고
사랑하는 사람들끼리의 약속이었다
암호에 걸려 넘어지자
덜컥
가면이 벗겨졌다
아직 그들과 하나가 아닌 속살이,
집으로 돌아오는 길
사랑합니다
행복합니다
되씹을수록 흰쌀밥처럼 달았다
하루를 살기 위한 암호
꼭꼭 씹었다

낡은 회전의자

추적추적 가을비 오는 날
찌든 세월 모여드는 클린하우스
허옇게 닳아버린
거친 숨결의 노인

젊은 날 축배의 기억과
늙어선 무연고 독거노인
펄펄 끓던 지난여름과
엄동설한 추위에
꿈도 허무도 다 놓아버린 생

낡은 의자는
노인의 한 생을 위하여
마지막 경례하는 노병처럼
엄숙하게 빗속을 지키고 있다

너의 노래는 늘 그리움이었다

1
주홍빛 바다
빛이 사라지는 시간
잠깐 처졌던 어깨 위 붉은 깃털
다시 먹구름 속에 숨어버린다
너는 늘 그랬다
잡히지 않는 낯선 존재감이 기웃거리고
시간 위에 오래 서 있었다
등대의 길 따라
소리없이 밀려오는
만선의 꿈

2
텅 빈 가슴
길 걷다

시간을 말하지 않는 바다
너를 닮았다

갯바위 인동초 향기 따라
바람 소리 고개 든 순비기 꽃무리

젖은 풀잎 노래 들으며
너에게 간다

3
네 어깨의 출렁임은
바다의 노래
그리움이 흐느낌으로
아스라한
맑은 웃음으로
너는
시간을 잃어버린
바다

마트에서 가난을 담다

마지막 지폐 석 장으로
임산부 빠랭
사과 바나나 땅콩을 집었다
하우 마춰 ?
아쉬운 눈빛으로
바나나를 놓는다

그의 남편 쌩
식빵 우유 감자를 들었다
하우 마춰 ?
힘없는 얼굴로
감자를 놓는다

안타까운 내 마음은
종량제 봉투에
그들의 가난을 담았다
비틀거리며
이주민 부부 뒤따르는
서녘 햇살

나를 신고하다

나를 신고했다
눈 오는 날 눈앞이 캄캄했을 때
제주경찰청 안전 안내 문자, 제주시에서 실종된 정순
자 씨(여 71세)를 찾습니다
백육십삼 센티의 키, 희끗희끗 흰머리, 검정 패딩, 약
간 구부정한 어깨, 힘없는 걸음걸이

실종된 나를 찾았다
아무도 모르는 나를 찾았다는 건 행운이었다 보상금
은 차지할 수 있으리라 신호등 앞에서 졸다가 횡단보
도 선을 넘다 눈부시게 밀려온 한라산 햇살 때문에, 언
젠가 헤매고 있을 거리에서 찾았다 신고했다

하느님도 집 나간 나를 찾고 계신다고 했다

아침 단상

노란 깃발의
횡단보도 뛰는 아이들
버스 정류장
창백한 청년 핸드폰의 k-팝
지팡이 든 노인의 검붉은 손등 위로 흐른다

거리의 아침은
발밑의 질경이마저
하루의 무게를 견디기 위해
안간힘 쏟고 있었다
가까스로 하루를 버텨낼 선한 얼굴들

겨울 햇살은
어깨 잘려나간 가로수 곁에 앉아
질긴 생명의 고요한 외침을 듣는다
겨울이 깊을수록 향기는
더 멀리 간다는

일상을 스타일링하다

공항 컨베이어벨트
게임 시작종이 울린다
사람들은 자기만의 암호를 찾는다

낡고 초라한 가방은
골프채에 눌려 모서리로 밀려났다
v자를 그리는 하얀 캡의 남자
환상의 샷을 꿈꾸며
유유히 게임장을 빠져나간다

게임에서 밀린 서글픈 인생이어도
누구에게도 양보할 수 없는 비밀코드
가방 끝에 달렸다
서로 다른 삶
선택에서 밀린 빈티지안은
물러날 수 없는 결연한 낯빛으로
게임장을 떠난다

종은 멈추고

한때 종이 울리며 꽃이 피었던 서울의 찬가
남쪽 끝에서 판문점 철조망까지 휩쓸었다

지금 서울은
베이비 박스를 탈출하려는 생명들이 대기하는 곳
땅보다 사람이 먼저 버린 탯줄
피보다 진하다는 사랑은 사라졌다

사람들이 밤낮으로 빚어낸 회색 도시
울리던 종은 멈추었고
해가 뜨면
이상한 어른들은 스승 없는 학교로 아이를 보낸다
하얀 꽃잎 떨어진 얼음왕국으로

버스로 가득 찬 노란 운동장
피어난 꽃 한 송이 없는 낡은 액자 놀이터
화난 거인 된 아이들
다람쥐 같은 시간 걷어내고 있다

2부 ──────────────────────

숲속의 새들이 말하기 시작했네

흔적

적막의 긴 겨울
건널 수 있었던 시간은
언젠가 꽃 피울
화살나무의 붉은 눈망울이었다

바짝 마른 고목
밑동이 정교하게 잘려나간 자리
거침없이 쏟아낸 언어의 잔인함이 배어 있다
풀기 없는 언어처럼
시간을 놓치고 사는 나보다
더 느린 고목의 숨결

꽃 피고 갈 때까지
마루에 점점이 박혀 있었다
피고 가는 꽃망울의 살점으로

가을밤 찻집 풍경

어스름이 처마 끝에 내리면
홀로 남은 찻집
달빛 찻물 달인다
달
　　달
　　　　달
화로엔 다우들 수다가 잉걸로 타고
앞마당 쑥꽃 어둠을 지킨다

납작 엎드린 초옥
쑥차의 풋풋한 웃음과
호박죽의 담 헐은 얼굴
댓돌 위 흰 고무신이 정겨워

별들이 찻잔에 내려오면
풀벌레 소리에
가을 밤은 더 깊어간다

도라지 꽃밭

서검은이 오름
선흘의 여름밤은
고이 잠든 아기다
고요가 소리없이 마을을 물들이면
도라지 꽃들 술렁거림이 은빛 파도처럼
마을을 감싼다

숨긴 그리움은
순백의 꽃몽우리
보랏빛 화무花舞의
전율하는 축제가
별들의 사랑을 노래한다

시간을 놓쳐버린 꽃대궁
어둠의 결마다
푸른 등 밝힌다

문주란

성산포 해안가
바다의 울음이 피어난다

창백한 그림자 뒤로 밀려온 파도
까맣게 찢겨간 모래밭 씻겨주던 날
우연이었다
절대 울지 않겠다던 그녀의 눈에서
비릿한 바다 내음
눈물 꽃술 피웠다

몇 겁의 윤회를 거듭해도
정체 찾지 못한
생존의 고뇌

젖은 입술 밀어내며
그녀의 치마폭에
화르르
꽃 피웠다

플라타너스

너의 긴 몸 마르고 있었다

네 푸르름에 오래 머물곤 할 때
한여름 초록빛 하늘 출렁이는 날이면
나는 부드럽고 푸르른 어깨에 기대어 잠들곤 했지
꽃잎 속 새의 부활 꿈꾸면서

네게서 마른기침이 잦아졌을 즈음
너는 비스듬히 기울어져 새들도 떠났다
어깨 위 햇살 미끄러져
떨어지는 빛 알갱이들 얹어주었을 때
손끝 닿는 자리마다 파르르 떨던,
아이처럼 얇은 어깨는 울고 있었다

네게 귀 기울이면
몸을 타고 흐르는
마른 가지 끝 시린 바람
팔 뻗어도 꽃잎 하나 잡을 수 없는

아득한 거리
너무 늦게
웡웡 시린 소리 내 안으로 들어왔다

너를 빛나게 했던 푸른 햇살
네가 품었던 따뜻한 새
푸릇푸릇 날개 펴는 꿈꾸며
이끼 낀 시간 깨운다

찔레꽃

지난겨울 하늘로 날아간 친구
밤새 재촉하더니
이른 새벽 별도봉 언덕으로 불렀다
긴 겨울 늪에서 헤어나지 못한
푸른 햇살 내놓으라 하네
아, 봄인가 봐
난 찔레꽃물 되고 싶어
파도에 실려온 바람의 멍꽃
가시가 아파, 가시가 아파
가시처럼 울던 너

푸른 물에 햇살 건져낸 바람
하얗게 말린 꽃잎 들판 가득하다
찔레꽃밭 맨발로 걷고 싶다며
하얀 꽃잎 울컥울컥 토해내더니
우르르 우르르
맨발로 피고 있구나

햇살 꿈꾸는 봄날에

젖은 꿈

메밀꽃 바람 일 듯
사리사리 피어나는 안개 숲길
바람에 누운 여린 햇살 숲을 흔든다

먼바다 물꽃처럼
때죽나무 자울자울 매달린 숲의 요정
스스로 가야 될 날 아는가
채우지 못한 목마른 기다림
이슬 젖은 날 앞세우고
새벽 안개 숲길에서 손 흔드네

풍경

이른 봄
매화 가지 품은
초승달

살며시
찻잔에 내려와
물안개 그리움으로

하르르
꽃잎 여는 소리

동백

꽃 질 때 내게 오라

겨울이
가지 끝에 떨고 있을 때

하얗게 타들어
사라지지 않을
붉은 사랑
가슴에
달아 주리니
꽃 질 때 오라
순백의 옷으로

커피나무

여러 날 푸른 잎 올리던 커피나무
하얗게 병들었다
'커피 향 너무 좋아해요'
귀 기울기엔 내 소리가 컸다

무성했던 잎
기다림보다 떠남에 익숙한지
하나둘 내게서 떠나갔다

열매 없는 잎의 향기는 슬펐다
서로 다른 언어의 시선이
건너야 할 밤은 길다
열매와 잎이 하나 되는 순간 위해
외로움은 가시만 키웠다

숲속의 새들이 말하기 시작했네

비 내리니
겨울 와
사람 발길 줄었네
사냥꾼의 그물에서 자유롭네

새보다 더 작은 아이는 말을 모르네
사람의 말은 안 하는 게 좋다고
말은 가슴에 쌓아 두는 거라고
그래서 숲에선 가슴 탄 새 많다고

가슴 탄 아이
숨 쉬지 않았네

숲속의 새들이 말하기 시작했네
숲속 가득 하얀 쌀 뿌렸네
아이는 새의 말 쪼아 먹었네
나 나 너 너 와 와

새가 된 아이는 말하기 시작했네

나 와 너 너 와 나

아이는 숲속을 걸어 나왔네

벌랑포구의 25시

시간의 결이
켜켜이 파도처럼 출렁인다

시간 밖의 사람들
예각의 삼각 김밥으로
배고픈 밤 삼킨다

초겨울
안개 자욱한 쓸쓸한 포구
다정한 25시 부부
다가올 봄 제비 가족 기다리며
빈 둥지 바라본다

가난한 여인의 헌금처럼
둥지 안 푸른 잎
노아의 비둘기가 물고 온
올리브 새순,
초록 꿈으로 넘실거린다

장수마을

지글지글 더위 녹여내는 한낮
한적한 마을 돌담 농익은 능소화
응큼한 바람이 슬며시 건들라치면
마을 전체가 헤벌쭉 벗어던진 여인천하대요

슬금슬금 하품하던 버스
눈에 불똥 튄 듯 끄윽 차를 세우대요
불끈불끈한 근육의 고목은 여인을 부둥켜안고 있대요
뽕나무 아래 긴 담뱃대 장수노인들이
대낮 풍경을 게슴츠레 바라보대요
장수마을이라는 이름을 알겠대요

백미러에 슬쩍슬쩍 비친 하늘엔
벌겋게 달아오른 햇살마저 바다에 뛰어들어
열 오른 몸 식히고 있대요
햇살도 장수하는 마을이대요

3부 ──────────────── 기어이 이울어지는 어머니

하눌타리

새물내 나는 모시옷 참 고와요
쪽진 머리 아미월인가요
한여름 손거울 나붓이 들고
할머니,
담장에 앉아 누굴 기다리시나요

저뭇해진 어둠 푸새밭 따라오면
창마다 해 접는 등불 어룽어룽 이우는데
자식이란 겨울날 윗바람처럼
평생 가슴 시린 거래요 할머니

거먕빛 기다림은 잉걸로 남아
이불 속 밥 한 덩이 같아요
솥단지 켜켜이 스며든 그리움에
그렁그렁 달빛도 불서러워 고개 돌려요
할머니, 오늘 밤은 휑하고 차요

아버지의 봄

더운 입김 훅 뿜어낸
아버지의 마지막 봄

옆집 담장 위 넌출거리는 다래잎
촉촉한 얼굴 예사롭지 않더이다
신방 들여다보듯 치맛자락 올려보니
접시꽃 우윳빛 꽃숭어리 돌아앉아
밤새 바람 일렁이던 이유 알겠더이다

봄 앓는
아버지의 쇠판막 심장이
마지막 쏟아낸 피울음이었음을

그해, 봄
피는 꽃마다 똑똑 잘라버린
손바닥 위 꽃잎
생생하게 피어나더니
슬픈 노인의 눈빛이더이다

술렁이던 바람 달아나고

햇살마저 고개 돌린 스산한 거리

축축이 기울어진 하늘 한 자락 내려와

봄은 홀홀 저만치 가더이다

어머니꽃

겨울 견딘 꽃잎
바람 따라 떠난 후

한 벌 자루옷 몸에서
생수 쏟아내더니
낮인데도
기어이 이울어지던
어머니

사르륵 사르륵
눈꽃 밟고 사라지며
끝내 돌아보지 않았네

봉선화 꽃물 그리움
모퉁이 낡은 화분에 꼿꼿이 피워낸
옥빛 아가판사스 꽃무리로
부신 햇살 안고 서 있는
어머니

사모곡

어머니, 요양병원에 가요
기침을 멎게 해줄 의사가 있고
믹스 커피 짜증 없이 건네줄 요양사도 있어요
부르기도 전 달려와 기저귀도 갈아준다구요
어머니, 요양병원에 가요
그래야 살아요
큰아들 집엔 기침 소리 달려올 아무도 없어요

그날, 딸의 말 믿은 어머니
요양사의 믹스 커피 한잔에 활짝 웃으며
부르지 않아도 달려온 아들 며느리 품에 안겨
인자한 의사 오기도 전 기침은 멈추었다

'그래야 살아요' 말에 촉촉이 젖어든 눈시울
기침보다 외로움이 더 힘들었음을
하늘길 떠난 깊은 속울음을
시간 떠난 어둠 앞에서 듣는다

기러기 날아가는 달에

베드로 아저씨 날아갔습니다
삐걱대는 병상에서
파리한 어깨 힘 실어준
베개 밑 만원 지폐 다섯 장
실낱 같은 숨결에 얹어 간호사 손에 남겨 두었지요

밤새 고기 잡던 그
베드로답게 세상 일 접고
스승 부름 따라나서기 전
나는 가족 없어도 하느님 자녀라던
떨리는 목소리

기러기 날아가는 달 즈음
하늘 문 닫힐라
쪽방 문 틈새로 새어나오던
헛헛한 소리 끌어 안고
피붙이 오기 전 날아간 시간 밖의 그

기러기 날아간 하늘은

서러운 생의 옷자락인 듯

능선에 붉은 울음

가득합니다

갯바위의 꽃앓이

간신히 바다 껴안는 바위
그의 신음이 들려온다

바다보다 더 거친 세상이었을까
어깨에 매달린 꽃잎이 창백한 걸 보면
반평생 병든 꽃잎 다독이던 거친 손길
이젠 붉은 꽃잎 그를 달래고 있다
파도의 채찍 홀로 견디는 바위
소리 내어 울 수 없는지
돌아누운 그의 등 뒤에서
밤새 꽃잎 앓는 소리 들려온다

그가 파도를 막고 있는 사이
바위틈 갯메꽃 한아름 안고
집으로 돌아온 밤
파도가 부딪친 시간 만큼
꽃잎 앓는 소리 밀려온다

할미꽃

아흔넷에 세상 뜬 증조할머니
6·25 때 떠난 아들 기다리는 세월로
시퍼런 눈 가물가물 흐려지더니
설움으로 벽마다 휘휘 똥칠하다
장롱 이불 속에 감춰둔 밥그릇
바짝 메마른 검은 똥 한 줌

길 잃은 바람
창 흔들어대던 겨울밤
밥 한 그릇 가슴에 품고 아들 찾아 나선
마지막 깊은 숨결이
허기진 기다림 짙게 깔린 황사평 묘지에
보랏빛 꽃무리로 피어나
숨죽인 노을 붙들고 있다

가뭇없다

가녀린 감나무 한 그루
햇살 눈부신 하늘 아래
무슨 벌 받는가
벌거벗은 몸으로
싸리비 가지로 하늘을 쓸고 있다

가뭇없는 자식 기다리는 노인
핏발 선 눈빛
홍시 하나 내지 못한 대책 없는
찌든 가난

노인의 울음소리 들었을까
밤새 뒤척인 나무
기댈 등 하나 없는 시린 삶 앞에서
마른 가지 끝 떠나지 못하는 바람
기울어진 서쪽 하늘 무연히 붉어진다

오후 네 시의 고요

기억,

무너뜨릴 수 없어

돌팔매질하던 산은 더 높아졌다

시름 젖은 달 품을 즈음

휘어진 등, 한 손에 잡힐 듯 가벼워진 어머니

삐걱거리는 무릎을 더듬는다

그녀가 바람의 올이 풀려나간 시간을 꿰매는 사이

기억 속에서 지나간 사랑에 울고 있는 여인

어머니, 지금은 내가 울어야 할 시간이어요

꿈,

대사가 바뀐 당신과 나 사이에

하얀 유리성에 쌓인 요거트 아이스크림

빙하기를 지나 산줄기를 타고 허기진 아이의 강이 되

어 흐른다

물 만난 건어처럼 온몸으로 강물을 받아들였다

팽팽한 여인의 젖가슴에서 쏟아진 비릿한 핏줄에 매

달려 잠시 꿈꾼다

오후 네 시,

시간이 기억하지 못하는, 전혀 낯선 체온이라는 바람

의 소리를 어쩌지요

기억의 푸른 강에서 다시 태어나야 한다는,

유리창 밖 날개 접는 오후 네 시

고요가 더 깊은 고요를 부를 즈음,

바람을 등에 업은 풍차

유배된 시간을 허공으로 보낸다

기억

일곱 번 바뀐 강산
어미는 땅끝 부여잡고 엎드렸다
등에 매달린 노란 저고리
사월 오면 어미는
붉은 기억 속으로

툭
툭

떨어진 꽃잎
밟힌 자리 다시 올라오는
붉은 하늘

장씨의 숟가락

그는 숟가락을 놓고 싶다
코에 낀 산소 호흡기가 숨을 쉰다
목구멍은 어둡고 긴 터널
끝이 보이지 않았다

낡은 하늘색 모기장 안
그물에 갇힌 붉은 눈시울은
숟가락을 놓고 싶다 했다
물 한 모금 줄 사람 없어도 살아야죠
곰탕 한 그릇에 쏟아내는 울음

숟가락을 놓고 싶다는 말

방문 앞 가득 쌓인 빛바랜 독촉장
누군가 쥐어 준 몇 장의 푸른 지폐가
빛을 발한다

도심 한 귀퉁이 삼성 여인숙

좁고 긴 골목 빠져나오자

숟가락 든 장씨의 붉은 눈물

싸락눈 되어 내린다

바람꽃

진짜 친누나와 동생입니다
이번 친누나 결혼식에 관심 감사합니다
앞으로 친누나와 더 친하게 지내겠습니다
진짜 친누나 동생 올림

너는 바람꽃
바람은 네 곁을 떠나지 않아
네 가는 길마다 꽃을 피웠지

엄마는 요양원
아빠는 알콜 중독
친엄마 아빠 아니어도 친엄마 아빠인 너
친누나 아니어도 친동생인 너

슬퍼도 웃는 바람꽃

사각틀 안에서

시간은 멈추고
흐르던 바람도 멈추어

손끝 몰려든 하얀 꽃물
지난 세월 강가에 기대어
깃털처럼 가벼운 잎 틔운다

하늘길 외로울까
별처럼 많은 사연 잎잎이 실어
그대 진득한 삶 앞에 놓아드리니
서러운 가슴
보랏빛 향기로 피우소서
그대 위한 하늘 창가에서
영원의 고운 노래 부르소서

4부 ————————————

제
영이
붉어
지나
이다

수선화

겨울비 내리는 새벽
성당 입구 성모 동산
차가운 땅에 얼굴 묻은 여인
추위로 온몸 떨고 있다

죄인이라 던진 화살 박힌 돌멩이
필터 없이 쏟아낸 수많은 조롱에
힘없이 늘어진 가녀린 긴 팔
돌바닥에 엎드린 그녀 등 위로
세찬 바람 몰아친다

'나도 네 죄를 묻지 않겠다'*

단 한 번 들어보지 못한 연민의 음성

긴 세월 숨어 살아온 그녀
지난날 비탄이 기쁨으로
어둠 속 영혼이 환희의 눈물로

새 삶을 찾은 가슴
스승의 한없는 사랑에
젖은 향기로 울고 있다

찬비 맞으며 품어주는 어머니
발 아래 엎드려

야곱의 우물

이른 새벽
별 하나 길 밝혀 줄 때
밤새 흥건히 차오른 곤궁한 생 끌어안고
야곱의 우물가로 달려간다

사마리아 여인의
영원히 목마르지 않는
생명의 물 찾아
초라한 영혼의 두레박
깊이 드리우기 위해
달빛 고요한 새벽을 간다

여인이 말하던 사랑의 눈빛에
단단히 잠긴 빗장 풀어져
겹겹이 위장된 언어 녹아내리면
눈물로 얼룩진 회한의 고백

두레박 가득 차오른
당신의 아침

꽃 없는 봄

1

백 년 전 빼앗긴 들판 봄 찾기 위해

뜨거운 젊은 피

붉은 혼으로 잃었던 봄 찾았는데

꼭 백 년 후 태양을 넘보던 사람들

푸른 들판의 꽃들과 봄햇살에 깔깔대던 웃음을

성난 맹골수로에 제물로 바쳤다네

꽃없는 봄은 없다며 사람들은 외쳤으나

언제나 그러하듯 기억은 오래가지 못했네

나는 들판을 떠돌던 바람의 기억을 알고 있다네

2

그들은 순한 어린 양떼, 탈 쓴 늑대 알지 못했네

그들을 수장할 바다 깊은 곳으로 끌고 갔다네

서로의 체온이 얼음처럼 굳어질 때까지 늑대를 믿었네

꽃 없는 봄이 오는 것도 몰랐네

3

검붉은 핏빛으로 물든 팽목항, 기다림으로 실신해 버
리고
꿈 잃은 절망의 그림자만이 출렁이는 바다
해와 달도 울 수 없었다네
귀향지를 잃어버린 어린 꽃들은
지구의 디아스포라

4

난파된 배
젖은 꽃잎으로 매달려 있던 해맑은 웃음은
짙푸른 파도에 둥둥 떠다니고
비새悲鳥 울음만 가득하네

어떤 레퀴엠*

마흔
영정 안 해맑은 얼굴
그녀가 살아온 날만큼 단아했다

이별은 그다지 어렵지 않았다
오직 질긴 인연의 생모만이
가녀린 생 놓아주지 않았을 뿐
평생 뒤따랐던 육신의 아픔도
기꺼이 손 흔들어 주었으니

어린 양 앞세운 사제의 첫 고별은
스테인드글라스 빛을 펼치며
하늘의 천사는 그녀를 부르고 있었다
천국 계단 오르기에 풀꽃처럼 가벼웠고
누구보다 가난했기에 아브라함은
포근히 안아주리니

타오르는 불길 위로 훨훨

한 줌 가루로 빛날 때

푸른 들판 가로질러 눈부신 햇살 속으로

날아간 그녀

＊죽은 사람의 영혼을 위로하는 미사음악

새 계약의 때

2023년 2월 새벽 지구의 한 모퉁이 무너졌어 신의
침묵은 완강했지 지구 반대편까지 공포의 블랙홀이
되었지 누구도 입술을 열지 못했어

우리는 토박이를 보냈어 하얀 붕대를 감은 그가 무
너진 흙더미에서 사람들을 찾았을 때 그는 지구의 영
웅이 됐어 멕시코의 폰로테오 구조견의 용맹한 순직
은 영원히 잊지 못할 거야 흙더미 속 딸의 손을 붙든
비통한 아버지는 차마 볼 수 없었지 어떤 말로도 우리
는 서로를 용서할 수 없었어

분노한 사람들은 소리 높여 채찍을 들었지 사람들
이 쌓아 올린 바벨탑이라는 해답이 나왔어 초고속의
열차는 멈추는 걸 잊어버렸지 신과의 새 계약의 때가
된 거야

에덴 동산 생명 나무 지키겠다는, 흙더미 속에 갇힌 가족을 찾기 위해 한 그루 나무 지키겠다는 약속의 때가 된 거야 단꿈 꾸던 새벽 유성처럼 사라진 그들과 파란 풍선의 아이들 위해 침묵하는 신 깨울 때가 된 거야

고백

알렐루야 알렐루야

어둠에서 빛의 강 건너
죽음에서 새 생명의 시온 산으로
긴 광야 걸어온 후손답게
만나 먹으며 나누는 축복의 인사

나의 강은 깊고 멀어서
밤새 문 앞에서 서성이는 당신
눈물의 알렐루야
풀꽃 노래하는 새벽 위해
꺼지지 않는 불기둥으로 밝혀주소서

라방 성모님

깊은 산골
라방 마을* 반얀나무 아래
둥근 달빛으로 푸르게 빛나는 여인
당신 품에 안기는 자녀 위해
'내가 있으니 염려 마라' 품어 주는 분

발 앞에 엎드려
뜨거운 눈물로 밝힌 촛불
계단에 계단 이어 은하로 빛나고
피 흘리며 쓰러진 넋의 눈물
땅에서 땅으로 흐른다

해질녘
폐허된 종탑에서
어머니 따뜻한 목소리
산골 마을 울려퍼진다

*라방성지: 베트남 중부 산골 마을에 있는 성모 발현 성지

카르페 디엠(carpe diem)*

어제를 놓쳐버린,
사랑과 용서를 이루지 못한 날을 달래며
새 날에
새 술을
새 부대에 담으리라

성당 안의 스테인드글라스가 군무처럼
색의 향연을 펼친다
창조 이래
오직 한 번뿐인 제사 위해
온전하고 깨끗한 제물 드리며
오늘에 온전하라 건네신 살빛 잔
내 안에 소리 없이 내려오신 백색의 면형으로
어느새 제 영이 붉어지나이다
혼미하여 떨리는 고백
지금이 당신 나라이옵니다

* 현재 이 순간에 충실하라는 뜻의 라틴어

랑꼬 교우촌*

외부인 출입통제

철조망보다 더 높은 철조망

소리 없는 외침은 땅에 묻혔다

태초부터 내렸던 비일까 물 위에 떠 있는 집들

그 땅 위에 대못 같은 장대비가 쏟아졌다

못 박힌 땅의 신음은 오랜 세월의 깊은 침묵인가

텅 빈 마을

빨랫줄에 비 맞은 옷들마저 입 다문 노인 닮았다

무엇이 그들에게 침묵을 강요했을까

낡은 양철 지붕 아래 수녀님의 맨발

먼 안개 속 그림처럼 허리 굽힌다

세상보다 하늘의 소리에 더 가까운 사람들

하늘이 그들 위로 내리는 빗줄기가

모퉁이 보랏빛 작은 꽃들 감싸안을 때

외로운 십자가 허공에 매달린 예수

베드로의 통곡은 멈추지 않는다

*베트남 가톨릭 신자들이 정부의 감시하에 격리되어 사는 마을

배경 하나

카페에서
여자 셋
웰빙 음식에 대해
스마트폰 사용에 대해
눈썹 문신에 대해
웰 다잉까지
한 시간

잠시 산다는 것에 대한 우수가 밀려오고
그들이 떠난 자리에
다른 소리들이
소리의 여운을 이어가는 중
배경처럼 깔려서
안간힘 쓰고 있던 늦가을 햇살의 자멸

댕

   댕

댕

성당의

둥근 종소리

슬픔을 걷다

오늘은 외로워서 걸었다

걷다가 서점에서 택배로 왔다는 슬픔*을 안고 걸었다
택배로 온 슬픔이 나를 달랬다
슬픔은 진실이 배신감으로 돌아왔기 때문이라고 했다
십자가에 높이 달린 예수의 외로움이라고
한겨울 냉방에서 떨고 있는 난민들이라고
이불 없어요 쌀 없어요 일 없어요
그들이 없는 것을 나는 많이도 가졌구나

많이 가진 나의 슬픔이 십자가였다
길에서 찾았다
잃어버렸던 십자가

* 정호승의 시 「택배」(『슬픔이 택배로 왔다』)에서 인용

추자 갯바위*

파도가 여인 된 추자 갯바위
젖먹이 내려놓은 어미의 뒷모습
하늘 내려와 물안개 된 섬
눈길 닿는 곳마다 눈부신 엉겅퀴 무리

낯선 이 발길마다 파도의 울음이
유배자 쫓아가는 말발굽을 따른다
좁은 골목 비탈진 언덕마다 울리는 소리
더 이상 갈 곳 없어 숨이 턱에 찬 산등성이
파랗게 두 손 모은 순교의 숨결

이 백 년 갯바위
아직도 울음은 멈추지 않아
바위와 하나 된 파도

*황사영 부인 정난주가 제주로 유배 시 젖먹이 아들을 내려놓았다는
   추자도 바위

가시나무새

십자가 앞에서
당신을 사랑한다 고백했던 나는
유다 입맞춤의 순간에
팔 다리 온몸에
빈틈없이 못을 박는다
나는 절대로
내 뜻은 아니라고 변명하면서
더 단단히 박는다

상처 난 팔, 피 흘리는 옆구리
구멍 뚫린 스승의 발등에
촘촘하게 빈틈없이
못 박을수록 힘이 더해지는 팔

붉은 탱자가시 엮어
내 안의 가시들을 다 꺼내어 만든
무거운 가시관
스승 머리에 씌운다

피 흘리며 쓰러진 당신

"더 남은 못은 없느냐?

아직도 네 안에 가시가 남아 있느냐?"

스승만 있고

제자는 없는 오열의 밤

어슴푸레 밝아오는 베드로의 새벽

5부 —————————————— 새벽은 무얼 말하고 싶었나

새벽은 무얼 말하고 싶었나

시지프*의 형벌이다
목이 마르다
어제와 오늘이
동시에 손 내미는 시간
새벽은 허공에서 맴돈다
새는 아직 창가로 오지 않고
빗방울 맺힌
초록과 동트는 색은
어지럽다

까만 오늘의 씨앗과
차가운 밤의 입술이 기억을 삼킨다
목말랐던 새벽이
촉촉 스며오는데
자살한 어제는
비틀비틀

살점 없는 뼈로 앙상하다

시지프의 형벌이다

그러나 시지프는 행복하다**

*그리스 신화 속 인물

**알베르 까뮈의 『시지프 신화』에서

샤갈의 가을

샤갈은 스러진 단풍 모아
거리의 악사로 만들었다
악사 행렬 뒤따르는 내 몸에
연분홍 물감을 부드럽게 칠하자
빨간 단풍이 되었다

샤갈은 악기 하나를 주었다
다리 절 듯 반음 빗겨간 음 내면서
골목마다 누비고 다녔다

굳게 닫힌 성당 문
흑장미 한 송이 떨어진다
손을 내밀자 허공으로 날아갔다

공중에 매달린 머리
지상에서 가장 아름다운
보랏빛 화관 하나 얹어주자
단풍 행렬은 가을빛 지는
노을이 되었다

고흐의 바다

고흐의 눈빛이 출렁인다
폭풍이 휩쓸고 간 용두암 바닷가

파도가 바다를 거세게 밀어내고
바다를 밟지 못한 슬픈 물새의 울음이
얼어붙은 허공을 차 올린다

밤새 시달린 태양
하늘 모퉁이에 걸터앉아
주인 잃은 아식스 운동화 한 짝 비추고
술 취한 고흐의 붓끝은 절망 앞에 당당했다
그의 귀들이 둥둥 떠다니고
교회의 불빛은 가라앉았다
아직 떠나지 못한 바람 몰려와
소리치는 물결 위 맴돈다

그의 삶처럼 상처투성이 바다
난파된 배처럼 울음 삼킨 고흐
말을 놓아버린 그의 맑은 영혼이
실눈처럼 반짝이는 햇살 아래 누워 있다

소용돌이치던 언어의 난무
나도 아픔을 말하지 않았다

감자 먹는 사람들*

밤,
떠난 이 누구도 돌아오지 않는 잊혀진 거리
도심 뒷골목의 음율은 우울했다
소리와 색이 흡수당한
어느 선술집, 애잔한 목포의 눈물이 흐른다
시간의 이끼는 창문마다 하얗다

낮,
정지된 시간 속에서 숨고르기가 편해지다니
절대적 비현실성 앞에서 잠시 스쳐가는 안도라고 해
두자

골목 끝자락 소품
스티로폼 박스 안 여린 쪽파의 흰 뒤꿈치
가난을 밀어 올리는 유일한 소리
창문 안 두 남자 말없이 누런 막걸리잔 기울이고
노인은 시간의 끝을 지팡이에 의지한 채 졸고 있다
시간을 빼앗긴 사람들이 가난을 삼키고 있다

카이로스,

조명처럼 비추고 있는 둥근 빛의 유영

오랜 시간이 흐른 것 같았으나 역시 시간은 우리의 몫

이 아니다

연민으로 가득찬 빛의 눈

사제의 높이 처든 양팔 위로 쏟아져 내린, 영혼의 양식

이었다

가난,

가난을 감자처럼 먹을 수 있는 키워드

그들은 소품이 아니라 주인공이었다

도심은 소음과 생생한 원색들로 출렁이고

금속의 시간은 팔랑개비처럼 돌기 시작했다

어지러운 기억은 슬픔을 베어문 감자에 목이 메었다

*빈센트 반 고흐의 작품명

멜랑꼴리

한동안 비탈리의 샤콘느와
바하의 바이올린 협주곡 1번을
혼동하여 홍얼거렸다
그 무모함이 깨어진 날

우연이었을까
봄이 겨울을 벼랑까지 몰고 가던 순간
쌩한 눈보라
굳어버린 차고 딱딱한 내 이성에
칼날 들이민 것은

쓰러진 꽃들 서쪽 창으로 몰려온 저녁
싱크대 위 파르르 떨고 있는 도마
우윳빛 부드러웠던 피부의 결들이
검푸른 빛으로 누워 있었다
본 적 없는 그의 도전이었다

오랜 세월 길들여진 침묵으로

느리거나 빠르게 혹은 거칠게 연주하면서
하얀 누엣길 눈꽃 함성 울리면
가슴에 무연처럼 비릿한 바다 내음 차올랐다
어느새 느린 속도의 칼의 춤 3악장으로
호박의 긴 겨울을 벗겨낸다
둥근 불빛 아래 주홍빛 알몸이 따뜻했다
내게 길들여진 우울도 서쪽 유리창에 걸었다

왼쪽 어깨에서 저음의 아련한 비명
잊혀진 세포들의 한 음 한 음 울려왔다
돌아온 소리들은 안개 속의 기억을 흔들었다
정적의 자리에서 천천히 노래하는
웅크린 작은 새
음의 침묵,
그것은 반란을 위장한 장막이었다

아이는 자기 음을 연주하고 싶었다

론도(rondo) 형식으로

아흔넷 외할머니 꿈에서 다섯 살 아들 만나기 위해 밤낮으로 잠만 잤다 잠이 덜 깬 할머니 잠시 행복한 여인, 잠 깨면 다시 학교 간 아들 찾아 나섰다

여든 친정어머니는 가난했던 시절 부잣집 양딸로 보낸 세 살 딸 찾아 미로의 깊은 꿈속으로 들어갔다 우물가 빈 항아리만 남겨둔 채 아직 돌아오지 않았다

일흔 나는 마흔 넘은 아들 찾아 꿈길 나선다 봄날 꽃잎 같은 세월 흘러도 압화된 핏줄은 살아났다 꿈의 길은 늘 아득하고 멀어서 소리는 까마득해 닿지 않았다

몸이 기억하는 젖은 솜 같은 통증, 떠돌이 행성으로 은하의 한 점으로, 늦가을 낙엽 떨어진 발등 시려워, 혹은 뿌리의 잔인함으로

시계와 침대 사이*

시계와 침대 사이 저장된 하루
열두 정병이 나를 지킨다
밤이 오면
침대와 시계 사이 착한 아이

내가 먼저 돌렸을 시간의 쳇바퀴
어느새 그가 돌리고 있었다
오, 충성스런 벗이여

죽음이 서서히 다가올 때
나를 지키던 그가 새벽 알려주면
나는 하얀 침대 나의 시간에 포근히 안겨
따스한 눈빛으로 해의 노래 부르겠지

살아온 한 순간도 나를 떠난 적 없는
나의 시간에 붉은 동백 한 송이를,
아름다운 이별 위해 나를 지켜준
한없이 낮고 낡은 침대에 우정의 키스를,

햇살 그리운 작은 창가
자스민 향이여 안녕

＊뭉크의 「시계와 침대 사이의 자화상」에서 인용

그 소리는 어디서 온 것일까

1

그날, 동쪽에서 서쪽으로 향했다

태양을 거부하고 싶은 날,

빨간 신호 앞 트럭, 갈색 말의 긴 머리카락이 바람에 날렸다

유리 조각 같은 햇살 아래 삶을 체념한 눈을 보았다

철조망 안, 그늘 짙은 텅 빈 눈, 그는 입에서 흰 거품 꽃을 피웠다

차가 속력을 낼 때마다 축축한 꽃 진 자리, 찢어질 듯 튕겨나온 다리 근육, 나는 그의 운명을 바꿀 수 없었다

2

버텨야 해! 넘어지면 안 돼! 살아야 해!

들었을까 바닥을 깊이 내리쳤다 순간 마주친 눈, 한 번도 본 적 없는 깊은 우물 속 외로움, 언젠가 내일은 해가 뜨지 않기를 바랐던 기억, 그의 운명이 내 안을

투영했다

3
　그날, 서쪽에서 동쪽으로 향했다

　생존의 바닥에서 솟구쳐 온 뒷발의 외침, 하루를 달
구었다
　또 하나의 운명이 그처럼 절박했음을
　태양이 하루를 내려놓은 시간에야 고백했다
　하늘 길 아프락사스* 날아간 흔적을 보고서야

*헷세의 『데미안』에 나오는 신의 새 이름

잠시 머물다 간 너

11월 끝자락

살아온 날들 한 올 한 올 풀어낸다

말러의 교향곡 5번 '아다지에타'가 들리는 바다

밀물과 썰물의 내음으로

사랑조차 감당 못 한 냉랭함

무엇으로도 용서받을 수 없는

가장 큰 죄 씻기 위해

뿌리는 번제물

어느 땐 서로 닮아 안개 속의 햇살처럼

등 뒤로 돌아서야만 볼 수 있었다

낮과 밤이 스치는 어깨에 기대어 울어야 했던,

함께 걸어온 시간

서로 다른 빛으로 짜여진 망또였다

나는 울이 풀려나간 차가운 보색으로

우아한 날개를 꿈꾸고 있었다

잠시 머물다 간 너를 위해

너그러이 번제물 받아들인 잿빛 바다

주홍빛 아침놀 펼쳐 보인다

힘차게 바다 밀어낸 흰 물새의 날갯짓

너와 나의 새날 위해

바다의 별

다낭 바닷가 언덕에
꽃으로 둘러싸인 여인 있다네
태풍이 휩쓸고 간 바닷가 작은 마을에
어둠을 밝혀낸 푸른 별 하나
젊은 연인들의 사랑의 별이 되었네

밤이 되면
두 손 가득 작은 꽃송이 안고
푸른 꿈 꾸는
가난한 연인들의 사랑이
꽃으로 피어난다
바닷가 모래 언덕에

몬스테라*의 꿈

거울에 비친 몬스테라
어깨 다 드러낸 둥근 몸
찢겨나간 드레스 자락은
겨울 바람 훑고 지나간 흔적
슬픈 곡조의 에디트의 샹송이 흐른다

사랑 잃은 여인의
흐느낌의 선율을 타고
천천히
그러나 너무 슬프지는 않게
조금은 취해서
스텝을 밟을 즈음

손님,
중화제 바를 시간이에요

*외떡잎식물로 천남성과의 상록 덩굴식물

낙엽

임대 주택 지하 계단
으스스 모인 노숙자
어디서 낯선 이곳까지 밀려 왔을까
저마다 움켜쥔 패 하나씩 풀어 놓으며
바람 따라 세상 끝판에 나앉았다
전세보증금 날리고 대출이자에 짓눌린
풀죽은 어깻죽지

매서운 칼바람 피해
모락모락 김 오르는
언젠가는 다시 돈을 웅크린 단꿈으로
허기를 달래며
햇살 떠난 계단에 누웠다
바람이 보듬는 찢겨나간 옷자락
외로움은 외로움끼리 모여 산다

말을 잃어버린 이들에게
노래가 되어

양전형

시인

말을 잃어버린 이들에게
노래가 되어

　시는 언어예술이다. 시인은 자기가 표현하고자 하는 매개인 언어를 고르고 다듬으며 자신의 생각을 심도 있게 표현하고 그 예술의 만족도를 최대한 높이기 위해 혼신의 씨름을 한다.

　그 과정에서 신비한 미사여구를 추구하거나 감언이설로 독자들의 관심을 끌려고 시가 변질된다면 그 시는 예술적 가치가 없을 것이다. 또한 시인 자신의 이념만 고집하며 전달하는 작품도 깊은 울림의 시가 되지 못할 것이다.

　언어를 다듬으면서도 진실을 추구해야 하고 개인의 독창성을 살리며 시를 완성해야 한다. 시의 목적은 진실이며 감동이 아닐까. 만족할 만한 시어를 눈이 벌겋게 찾아 놓고 피 말리는 퇴고를 수없이 거치면서 정리한 시를 누군가에게 전달하여 진실과 감동을 얻어내려는 게 시인의 마음이 아니겠는가.

　시의 소재는 무한하다. 눈에 띄는 구체적인 모든 사물은 물론 인식할 수 있는 추상적인 감정이나 상상

모두 시의 소재가 될 수 있다. 그리고 그 소재들 속에 자기의 지성 감성 모든 걸 이입하며 짧은 글로 완성해야 하는데, 그 과정에 가장 필요하다고 강조되는 게 체험이라 할 수 있겠다.

체험이란 작은 체험이든 큰 체험이든 몸소 보고 듣고 겪는 것이다. 그 과정에서 사람들은 모든 내용을 생생한 의식이나 무의식 속에 담아둔다. 그리고 어떤 사물이나 소재를 깨닫는 순간 문득 느껴지는 자신과의 연관성, 체험한 지식 따위 그 대상에 대한 감각 지각 전체가 작용하며 글을 유도하는 것이다. 물론 추상적인 상상이나 감정이 개입되기도 하고 사물이나 현상이 이루어지는 등 그 모든 것들이 시의 바탕이 되는 것이다.

1. 일상적 자아와 성찰

정순자 시인의 시를 읽노라면, 진실과 감동을 느낄 수 있고 한평생을 살아오면서 체험한 자신의 삶과 생각들이 한껏 녹아들어 있어서 울림과 공감이 크다. 긴 생을 경험하며 살아온 시인의 진솔한 고백임을 알 수 있다.

달빛 스쳐간

배꽃

속살 숨긴 꽃망울

찻잔에 누워 있다

그대 그리움

가슴 가득 차오르면

찻잔 가득

달빛

피어나는 소리

- 「달빛 배꽃」 전문

차를 마시고 있다. 달빛을 닮은 색깔의 배꽃 무늬 찻잔이다. 한 모금의 차를 마시는 순간 언젠가 따뜻한 인연이었던 누군가가 마음속으로 소환된다. 생각이 너무 가득해져 가다 달빛으로 피어나는 게 누군가의 목소리로 형상화되고 있다.

추적추적 가을비 오는 날

찌든 세월 모여드는 클린하우스

허옇게 닳아버린

거친 숨결의 노인

젊은 날 축배의 기억과

늙어선 무연고 독거노인

펄펄 끓던 지난여름과

엄동설한 추위에

꿈도 허무도 다 놓아버린 생

낡은 의자는

노인의 한 생을 위하여

마지막 경례하는 노병처럼

엄숙하게 빗속을 지키고 있다

- 「낡은 회전의자」 전문

생생하게 시인의 마음속에 남아있는 언젠가 봤던 장면이다. 클린하우스에 낡은 회전의자가 버려져 있는 그 풍경을 보는 사람들은 저마다 각각 다른 상상을 할 것이다. 버린 사람의 생활상이거나 그 의자의 일생을 추측하거나 할 것이다. 시인은 그 낡은 의자를 보며, 사람을 앉혀 놓고 편안하게 해 주었을 고마움과 세월과 함께 수명을 다한 의자에 안쓰러움을 동시에 느꼈고 그 상황들이 시인의 의식 속에 새겨져 있었던 것이다. 의자를 사용하던 사람이 독거노인이 되었으리라 단정하면서도 한 생을 열심히 살았을 모든 것들에 고마움을 느껴야 한다는 시인의 성찰과 함께 낡은 회전의자라는 사물이 마지막까지 살아있음을 의인화하고 있다.

> 식탁 한쪽
>
> 벽을 향한 여린 싹
>
> 고개 내밀더니
>
> 어느새 허공으로 올라선다
>
> (중략)
>
> 빛들의 함성
>
> 호흡 가다듬는 순간
>
> 발밑이 심하게 흔들렸다
>
> 먼 시간 비틀거리며 버텨온
>
> 아찔하고 휘어진 생
>
> — 「연두에 머물고 싶다」 부분

시인은 자의식이 뚜렷하다. 일생을 어렵게 살아온 탓일까. 새로운 시작의 사물을 발견하고 그 생명의 미래와 희망을 감지하면서도 자기가 살아온 삶이 이를 덮어 버린다. 활기찬 세상 빛을 느끼는 동시에 살아있는 자신도 느낀다. 긴 시간 버텨온 아찔하고 휘어진 생이 결코 순탄치 않았음이 자의식에 새겨져 있는 것이다. 이 시 외에도 「나를 신고하다」 「오월 햇살 아래」 등의 시에도 시인의 자의식이 짙게 각인되어 있음을 알 수 있다.

정순자 시인은 외국인 이주민들을 대상으로 한국어를 가르치기도 한다. 보편적으로 여유롭지 않은 그들을 위해 도움을 주기 위한 것이며 그들과 함께 어울리는 일상 속에서 항상 자신과 그들을 차별하지 않으려 노력하고 고락을 함께 공유하려 한다.

다음의 시는 시인이 이주민 부부와 함께하며 그들이 처해 있는 어려움을 해결해 주지 못하는 안타까운 마음을 직설적으로 진술하고 있다. 입덧을 하는 임산부가 고른 '사과 바나나 땅콩', 그러나 가난한 그녀는 먹고 싶은 것을 다 살 수 없었다. 그중에 하나 '바나나'를 놓으면서 떨리는 그녀의 눈빛을 시인은 놓치지 않는다. 가장인 그의 남편은 며칠의 양식이 우선이다. '우유 식빵 감자'는 포기할 수 없는 것이다. 그러나 가난은 배고픔도 눈 감아주지 않는다. 그 역시 가장으로서 포기하기 힘든 '감자'를 제자리에 놓아야 한다. 힘없는 얼굴로 시인도 저무는 햇살도 가난을 절감하는 하루다.

마지막 지폐 석 장으로

임산부 뺘랭

사과 바나나 땅콩을 집었다

하우 마취?

아쉬운 눈빛으로

바나나를 놓는다

그의 남편 쌩

식빵 우유 감자를 들었다

하우 마취?

힘없는 얼굴로

감자를 놓는다

안타까운 내 마음은

종량제 봉투에

그들의 가난을 담았다

비틀거리며

이주민 부부 뒤따르는

서녘 햇살

– 「마트에서 가난을 담다」 전문

2. 자연과 교감하는 성찰

　시인들은 보통 숨 쉬는 자연에서 생동감 있는 그 비밀을 알고 싶어 하면서 자아에 비유하고 흡수하기도 하며 시를 쓴다. 자기의 삶과 그 생명체와의 공통점을 발견하게 되면 상호간 교감되는 시에 쉽게 닿을 수도 있다. 거기에서 서정성이 배가되어 더 살아나기도 하고 그 사물의 미적 체험은 다른 방향의 충동을 벗어나 자아의 내면에 집중적이고 순수하게 투영되어 남기도 하는 것이다.

　인간이 동경하고 포용하는 자연은 시인의 시 속에서 하나의 진실로 서로 상통하게 된다. 수많은 시인들이 시 속에서 인간과 자연의 공존성을 형상화하고 그 자연에다 인간의 생명감과 영혼관도 일치시키면서 의인화시켜오고 있잖은가.

　정순자 시인도 시를 써오며 그걸 놓치지 않는다. 가장 흔하고 가까운 자연과 교감을 이루며 그 자연의 실상에서 인간적인 생명감을 감성적으로 표현한다. 이런 시는 대체적으로 소재인 사물에 대한 생각과 느낌을 종합한 하나의 풍경이 되며 바로 눈앞에 존재하지는 않으나 마치 존재하고 있는 것처럼 느껴지는 이미지 시가 되는 것이다.

시인은 30여 년 꽃집을 운영하기도 했다. 꽃집 이름은 '청자꽃집'. 중앙로와 남문로 부근에서 꽃집을 오래 해왔기 때문에 제주시에서 오래 생활한 사람들은 많이들 기억할 수 있을 것이다. 그간에 꽃꽂이 전시회도 수없이 열었으며 관련 강의도 쭉 해왔으므로 제자들도 상당히 많다. '한라산문학동인회'에서도 그 꽃집 안쪽 거실에서 5~6년 합평회를 열기도 했었다. 꽃을 비롯한 자연과의 교감을 이루는 정순자 시인의 시들을 살펴보자.

이른 봄
매화 가지 품은
초승달

살며시
찻잔에 내려와
물안개 그리움으로

하르르
꽃잎 여는 소리

-「풍경」 전문

꽃 질 때 내게 오라

겨울이

가지 끝에 떨고 있을 때

하얗게 타들어

사라지지 않을

붉은 사랑

가슴에

달아 주리니

꽃 질 때 오라

순백의 옷으로

- 「동백」 전문

가지를 벌린 매화나무 사이에 들어선 초승달을
그려 놓고 자연 속에서는 분간할 수 없을 만큼 짙은
그리움의 감성과 매화꽃이 교감되는 이미지를 그린
시 「풍경」과, 붉은 사랑이라는 색상을 내세우지만 위
장된 내면은 순백의 옷을 입은 순백의 꽃을 역설적으
로 불러들이고 있다. 이는, 자신의 내면에 깔린 어떠
한 이율배반적인 존재를 이미 알고 있으면서 역설을
통해 성찰하고 있는 게 아닌가.

이렇듯 시인은 모든 자연의 실상을 보는 순간 인간적인 애정과 애착을 느끼고 자신의 내면을 고백하며 상호 교감하게 되는 것이다. 거기에는 표현 방법이 직유든 역설이든 솔직함을 바로 내세우거나 혹은 감춤의 미학으로 진실이 존재하기에 시인은 이를 통해 삶의 자기성찰을 은밀히 보여주는 것이다.

흑백의 색깔을 보이는 대로 단순히 설명하고 나열한다면 시의 묘미가 있겠는가. 시에다 "잘못했습니다"라고 바로 직설하며 성찰을 옮기기만 한다면 밋밋한 바위에 떨어지며 흘러내리는 빗물처럼 시가 차지하는 느낌 공간이 좁을뿐더러 어떤 사연도 내포되지 않아 감정이나 감성이 존재하지 않을 것 같지 않겠는가.

비 내리니
겨울 와
사람 발길 줄었네
사냥꾼의 그물에서 자유롭네

새보다 더 작은 아이는 말을 모르네
사람의 말은 안 하는 게 좋다고
말은 가슴에 쌓아 두는 거라고

그래서 숲에선 가슴 탄 새 많다고

가슴 탄 아이

숨 쉬지 않았네

숲속의 새들이 말하기 시작했네

숲속 가득 하얀 쌀 뿌렸네

아이는 새의 말 쪼아 먹었네

나 나 너 너 와 와

새가 된 아이는 말하기 시작했네

나 와 너 너 와 나

아이는 숲속을 걸어 나왔네

　　　　– 「숲속의 새들이 말하기 시작했네」 전문

　주변을 은폐할 수 있는 우거졌던 숲이 무너지고 사냥꾼이 감춰뒀던 올무에서 자유롭다. 그동안 이웃이나 세상에 하고 싶은 말을 다 못 하고 살았지만 가슴 새카맣게 타들어도 말은 하지 않는 게 좋겠다고 새를 이용하며 진술한다. 그러나 사실 새의 이미지는 자유가 아니겠는가. 갇혀 있던 파수꾼의 그물에서 놓여나 새의 말을 쪼아먹는 아이. 자신도 비로소 자신의 소리를 낼 수 있다는 자아의 깨어남을 노래하고 있다.

이제 시인은 노래하는 아이가 되어 숲에서 숲으로, 세상에서 말을 잃어버린 이들에게 자기의 말을 뿌려줄 것이다.

3. 가족 사랑·삶과 죽음의 함축

누구에게나 자신을 세상에 있게 한 부모님, 조부모님들과 더 위의 조상님들이 있다. 가족이 가까이 있을 때는 그 소중함을 잊는 경우도 많다. 보통 사람들은 힘들고 외로울 때나 가족이 세상을 뜬 후에야 안타까움과 후회가 밀려들면서 삶과 죽음의 그 빈자리에서 나오는 허전함과 슬픔에 휩싸이기도 한다. 시인은 그동안 세상을 살아오면서 그 모든 일들을 품고 있는 사람이다.

새물내 나는 모시옷 참 고와요
쪽진 머리 아미월인가요
한여름 손거울 나붓이 들고
할머니,

담장에 앉아 누굴 기다리시나요

저뭇해진 어둠 푸새밭 따라오면
창마다 해 접는 등불 어룽어룽 이우는데
자식이란 겨울날 윗바람처럼
평생 가슴 시린 거래요 할머니

거멍빛 기다림은 잉걸로 남아
이불 속 밥 한 덩이 같아요
솥단지 켜켜이 스며든 그리움에
그렁그렁 달빛도 불서러워 고개 돌려요
할머니, 오늘 밤은 휑하고 차요

－「하눌타리」 전문

더운 입김 훅 뿜어낸
아버지의 마지막 봄

옆집 담장 위 넌출거리는 다래잎
촉촉한 얼굴 예사롭지 않더이다
신방 들여다보듯 치맛자락 올려보니

접시꽃 우웃빛 꽃숭어리 돌아앉아

밤새 바람 일렁이던 이유 알겠더이다

봄 앓는

아버지의 쇠판막 심장이

마지막 쏟아낸 피울음이었음을

–「아버지의 봄」부분

'그래야 살아요' 말에 촉촉이 젖어든 눈시울

기침보다 외로움이 더 힘들었음을

하늘길 떠난 깊은 속울음을

시간 떠난 어둠 앞에서 듣는다

–「사모곡」부분

시인은 이렇듯 부모님과 할머니에 대한 그리움과 안타까움을 가슴 깊이 품고 있는 것이다. 이렇게 시 속에서나마 살아생전 미처 다해드리지 못한 정성들에 대해 많은 회한을 풀어내고 있다.

시인은 늘 외롭고 소외된, 변방으로 밀려난 사람들을 상대로 자신의 마음을 나눠주는 일을 하며 살기를 원한다. 그중에 특히 외국인 이주노동자들에게는

특별한 관심과 애정을 가지고 있다. 돈을 벌어 잘 살아보겠다는 마음으로 가족과 헤어져 낯선 나라에서 고생하는 그들을 보며 시인은 일본에서 가난한 유학생으로 눈물 젖은 빵을 먹어야 했던 아들을 생각한다. 아들에게 다 해주지 못했던 마음을 이주민들에게 투영하며 남다른 모성애가 생겼으리라. 그들을 위해 한국어를 가르쳐 주고 그들의 어려움을 들어주며 낯선 나라에서 적응할 수 있도록 도와준다. 시인은 가족을 향한 사랑과 사회봉사로 체험하는 일들과 삶과 죽음의 경계선에서 생기는 시의 모티브 등을 자아와 함께 작은 소리로 풀어내고 있다.

가족을 사랑하는 마음과 주변의 사람들을 인간적으로 아끼는 마음은 정비례하지 않을까. 가족의 중요성을 모르는 사람이라면 사회 속에 있는 선량한 사람들의 가치와 삶과 죽음 사이의 애환을 느끼지도 못할뿐더러 느끼려고 생각해 보지도 않을 것이다. 죽음은 생명체의 소멸이다. 그 생명이 소멸되어 가는 과정을 앞에서 직접 지켜본다는 것이 인간으로서 얼마나 어려운 일인지는 누구나 공감할 것이다.

베드로 아저씨 날아갔습니다
삐걱대는 병상에서

파리한 어깨 힘 실어준

베개 밑 만원 지폐 다섯 장

실낱 같은 숨결에 얹어 간호사 손에 남겨 두었지요

(중략)

기러기 날아가는 달 즈음

하늘 문 닫힐라

쪽방 문 틈새로 새어나오던

헛헛한 소리 끌어 안고

피붙이 오기 전 날아간 시간 밖의 그

기러기 날아간 하늘은

서러운 생의 옷자락인 듯

능선에 붉은 울음

가득합니다

- 「기러기 날아가는 달에」 부분

그는 숟가락을 놓고 싶다

코에 낀 산소 호흡기가 숨을 쉰다

목구멍은 어둡고 긴 터널

끝이 보이지 않았다

낡은 하늘색 모기장 안

그물에 갇힌 붉은 눈시울은

숟가락을 놓고 싶다 했다

물 한 모금 줄 사람 없어도 살아야죠

곰탕 한 그릇에 쏟아내는 울음

　　　　　　　　　　- 「장씨의 숟가락」 부분

　　시인은 독거노인들과의 만남에서 그들의 애환과
삶과 죽음의 경계선에 위치해 있는 아픈 현실을 피부
로 받아들였다. 안타까운 그 사람들의 사연은 곧 시
인 자신의 슬픔이 되었다. '기러기 날아간 하늘은 생
의 옷자락인 듯 능선에 붉은 울음 가득합니다' '숟가
락을 놓고 싶다는 산소호흡기를 낀 그'. 시인의 기억
에 생생한, 그렇게 삶과 죽음의 간격이 얼마 남지 않
은 사연들은 앞으로도 많은 시로 승화되고 함축되어
나오리라 믿는다.

4. 신앙생활과 함께하는 고백

겨울비 내리는 새벽
성당 입구 성모 동산
차가운 땅에 얼굴 묻은 여인
추위로 온몸 떨고 있다

죄인이라 던진 화살 박힌 돌멩이
필터 없이 쏟아낸 수많은 조롱에
힘없이 늘어진 가녀린 긴 팔
돌바닥에 엎드린 그녀 등 위로
세찬 바람 몰아친다

'나도 네 죄를 묻지 않겠다'

단 한 번 들어보지 못한 연민의 음성

긴 세월 숨어 살아온 그녀
지난날 비탄이 기쁨으로
어둠 속 영혼이 환희의 눈물로
새 삶을 찾은 가슴
스승의 한없는 사랑에

젖은 향기로 울고 있다

찬비 맞으며 품어주는 어머니,

발 아래 엎드려

-「수선화」전문

  시인은 성모상 앞에 겨울비 맞고 쓰러진 수선화
를 보며 성경에 나오는 죄 많은 여인을 그리고 있다.
동네 사람들이 죄인이라며 예수에게 끌고 와 돌로 쳐
서 죽이려 했던 그 여인 아닌가. 그러나 예수가 "너
희 중에 죄 없는 자가 먼저 돌을 던져라" 하자 나이
든 사람부터 하나둘 떠나갔고 예수는 그녀에게 "나
도 네 죄를 묻지 않겠다. 가서 다시는 죄짓지 마라."
하며 그녀를 죽음에서 구해낸다. 지금 그녀는 세찬
겨울비 맞으며 예수의 어머니 앞에서 소리죽여 울고
있다. 예전의 여인이 아닌 새사람이 된 그녀가 창백
한 얼굴로 두 손 모아 죽음에서 자신을 살려준 스승
의 어머니 앞에 엎드려 있다. 평생 고개 들지 못한 죄
인이라 숨어 살던 창녀. 예수를 만나 어둠에서 빛을
보게 된 것이다. 성모 또한 그녀와 함께 세찬 비 맞으
며 눈물 가득한 얼굴로 그녀를 품어준다. 성모상과
수선화를 통해 돌아온 자녀를 품어주는 모성과 용서

받은 가련한 여인을 그려낸 이미지이다. 시인의 신
앙심이 짙게 배어나는 시다.

　　알렐루야 알렐루야

　　어둠에서 빛의 강 건너
　　죽음에서 새 생명의 시온 산으로
　　긴 광야 걸어온 후손답게
　　만나 먹으며 나누는 축복의 인사

　　나의 강은 깊고 멀어서
　　밤새 문 앞에서 서성이는 당신
　　눈물의 알렐루야
　　풀꽃 노래하는 새벽 위해
　　꺼지지 않는 불기둥으로 밝혀주소서
　　　　　　　　　　　　　－「고백」 전문

　시인은 천주교 신자이다. 성당에서 봉사활동도
하면서 신앙 고백으로 함축된 시를 읽노라면 시인이
얼마나 종교적 진리에 깊이 닿아 있는지 그 삶을 가
늠할 수 있다.
　부활 성야, 모두가 예수 부활의 알렐루야를 노래

하며 축복할 때 시인은 홀로 아직 부활하지 못한 자신의 내면을 보고 있다. 그러나 곧 자신에게도 동트는 새벽이 올 것을 희망하고 있다. 여기서도 끊임없이 자신을 밑바닥까지 성찰하는 시인의 모습을 볼 수 있다.

깊은 산골
라방 마을 반얀나무 아래
둥근 달빛으로 푸르게 빛나는 여인
당신 품에 안기는 자녀 위해
'내가 있으니 염려 마라' 품어 주는 분

발 앞에 엎드려
뜨거운 눈물로 밝힌 촛불
계단에 계단 이어 은하로 빛나고
피 흘리며 쓰러진 넋의 눈물
땅에서 땅으로 흐른다

해질녘
폐허된 종탑에서

어머니 따뜻한 목소리

산골 마을 울려퍼진다

- 「라방 성모님」 전문

　시인은 둥근 달빛으로 푸르게 빛나는 성모님의 품에 안겨 있다. 발 아래 엎드려 뜨거운 눈물로 밝혀진 촛불은 계단을 이어 하늘에 빛나고 넋들은 땅을 흐른다. 날이 저물고 폐허가 된 종탑에서 성모님의 목소리가 산골 마을에 울려 퍼진다. 성모님을 향한 갸륵한 마음이 눈에 보이는 것처럼 진지하다.

　'세상 죄를 지고 가는 하나의 어린 양'(성서 중에서)의 대목처럼 사랑과 희생을 바탕으로 하는 신앙에 깊게 들어 있는 시인은 바쁜 생활 속에서도 그 마음을 한시도 놓지 않는다.

십자가 앞에서

당신을 사랑한다 고백했던 나는

유다 입맞춤의 순간에

팔 다리 온몸에

빈틈없이 못을 박는다

나는 절대로

내 뜻은 아니라고 변명하면서

더 단단히 박는다

(중략)

무거운 가시관
스승 머리에 씌운다

피 흘리며 쓰러진 당신
"더 남은 못은 없느냐?
아직도 네 안에 가시가 남아 있느냐?"

스승만 있고
제자는 없는 오열의 밤
어슴푸레 밝아오는 베드로의 새벽

– 「가시나무새」 부분

시인은 가시나무새를 은유하며 신앙의 마음으로
울고 있다. 가시나무새는 가시나무를 찾게 되면 돌
진하면서 가시에 박혀 죽어가면서도 가장 아름다운
노래를 부른다는 새다. 시인은 세상의 모든 고통과
제자의 배신과 자기를 따르던 사람들에게 모욕받는
것을 감수하면서 십자가를 지고 골고타로 향하는 스

승 예수를 가시나무새로 비유하고 있다. 시인은 자신의 현실과 믿음의 괴리 앞에서 스승을 배신한 비겁한 베드로임을 고백한다. 곧 새벽닭이 세 번 울 것이다.

그 외에도 "어제를 놓쳐버린,/ 사랑과 용서를 이루지 못한 날을 달래며/ 새 날에/ 새 술을/ 새 부대에 담으리라"는 「카르페 디엠(carpe diem)」이나 "이른 새벽/ 별 하나 길 밝혀 줄 때/ 밤새 흥건히 차오른 곤궁한 생 끌어안고/ 야곱의 우물가로 달려간다//(중략) 두레박 가득 차오른/ 당신의 아침"의 「야곱의 우물」이나 「랑꼬 교우촌」이나 "오늘은 외로워서 걸었다// 걷다가 서점에서 택배로 왔다는 슬픔을 안고 걸었다/ 택배로 온 슬픔이 나를 달랬다/ 슬픔은 진실이 배신감으로 돌아왔기 때문이라고 했다/ 십자가에 높이 달린 예수의 외로움이라고/ 한겨울 냉방에서 떨고 있는 난민들이라고/ 이불 없어요 쌀 없어요 일 없어요/ 그들이 없는 것을 나는 많이도 가졌구나//많이 가진 나의 슬픔이 십자가였다/ 길에서 찾았다/ 잃어버렸던 십자가"라는 「슬픔을 걷다」 등을 읽어 내려가면 단단하게 굳어진 시인의 신성함이 읽힌다.

5. 음악과 미술에서 끌어올리는 시

문자가 없는 고대에는 그림으로 그려가며 소통했다고도 한다. 추측건대, 예술 감성으로 말하고 싶은 것도 그림으로 표현했을 것이다.

그리스 로마 신화에서는 '아폴로'가 음악, 시, 예술, 역사, 예언 및 태양신으로 나오고 시와 음악의 신이라 일컫는 '브라기'는 북유럽 신화에 등장한다. 신과 인간을 매혹시켰다고 하는 그는 아름다운 선율과 감동적인 시로 세상에 아름다움과 조화를 가져다주었으며 예술과 문화가 인간의 삶에 미치는 영향을 중요시하고 창조적 표현 가치가 높게 평가되도록 큰 의미를 부여했다 한다.

이야기를 종합해 보면, 예술에 대한 깊은 이해와 사랑이 시·음악·미술에 공존하고 상호 비슷한 감성 표현을 한다고 볼 수 있겠다. 이 대목에서 시·음악·미술이 인간의 느낌을 공유할 수 있는 큰 테두리의 한 장르로 분류할 수도 있다고 하면 너무 과장된 이론일까.

정순자 시인은 홀로 즐겨 마시는 차와 함께 음악과 미술 감상을 즐긴다. 클래식 음악과 널리 알려진 명화에서 시상을 떠올린다. 그림에서 시가 끌려 나오고 시에 음악이 들어와 연주되기도 한다.

　　한동안 비탈리의 샤콘느와
　　바하의 바이올린 협주곡 1번을
　　혼동하여 흥얼거렸다
　　그 무모함이 깨어진 날

　　우연이었을까
　　봄이 겨울을 벼랑까지 몰고 가던 순간
　　쌩한 눈보라
　　굳어버린 차고 딱딱한 내 이성에
　　칼날 들이민 것은

　　(중략)

　　어느새 느린 속도의 칼의 춤 3악장으로
　　호박의 긴 겨울을 벗겨낸다

　　(하략)

–「멜랑꼴리」 부분

봄날 꽃잎 같은 세월 흘러도 압화된 핏줄은 살아났
다 꿈의 길은 늘 아득하고 멀어서 소리는 까마득해
닿지 않았다

– 「론도(rondo) 형식으로」 중에서

시인은, "왼쪽 어깨에서 저음의 아련한 비명/ 잊
혀진 세포들의 한 음 한 음 울려왔다/ 돌아온 소리들
은 안개 속의 기억을 흔들었다/ 정적의 자리에서 천
천히 노래하는/ 웅크린 작은 새/ 음의 침묵,/ 그것은
반란을 위장한 장막이었다" 하며 자기의 음을 연주하
고 싶다고 한다. 참으로 우울한 날 음악을 들으며 세
상을 비관하는 듯한 감정에 사로잡히기도 하고, 때로
는 처음 제시된 일정한 선율 부분이 주기적으로 반복
되는 론도 형식의 곡을 들으며 시를 다듬기도 한다.

샤갈은 스러진 단풍 모아
거리의 악사로 만들었다
악사 행렬 뒤따르는 내 몸에
연분홍 물감을 부드럽게 칠하자
빨간 단풍이 되었다

샤갈은 악기 하나를 주었다

다리 절 듯 반음 빗겨간 음 내면서
골목마다 누비고 다녔다

굳게 닫힌 성당 문
흑장미 한 송이 떨어진다
손을 내밀자 허공으로 날아갔다

공중에 매달린 머리
지상에서 가장 아름다운
보랏빛 화관 하나 얹어주자
단풍 행렬은 가을을 걸어
노을 속으로 걸어간다

                    –「샤갈의 가을」전문

고흐의 눈빛이 출렁인다
폭풍이 휩쓸고 간 용두암 바닷가

파도가 바다를 거세게 밀어내고
바다를 밟지 못한 슬픈 물새의 울음이
얼어붙은 허공을 차 올린다

                    –「고흐의 바다」부분

시와 음악과 그림이 어우러지며 노을 속으로 들어가는 샤갈의 가을 느낌을 주는 시와, 폭풍이 휩쓸고 간 용두암 바닷가에서 고흐를 느끼며 쓴 시다. 프랑스 남쪽 지중해 연안 '생트마리 드 라메르'에서 고흐가 그린 10여 점의 바다와 마을 풍경 유화와 수채화, 스케치를 연상했을 것이다.

임대 주택 지하 계단

으스스 모인 노숙자

어디서 낯선 이곳까지 밀려 왔을까

저마다 움켜쥔 패 하나씩 풀어 놓으며

바람 따라 세상 끝판에 나앉았다

전세보증금 날리고 대출이자에 짓눌린

풀죽은 어깻죽지

매서운 칼바람 피해

모락모락 김 오르는

언젠가는 다시 돈을 웅크린 단꿈으로

허기를 달래며

햇살 떠난 계단에 누웠다

바람이 보듬는 찢겨나간 옷자락

외로움은 외로움끼리 모여 산다

–「낙엽」전문

사람들은 사회 속에 어울려 산다. 저쪽 세상으로 가는 일은 각자의 일이다. 어차피 혼자인 것이다. 혼자라는 외로움의 무게야 측량할 수 없겠지만 목숨의 무게가 잎새 하나만큼 무겁기나 할까. 시인은 의식 속에 혼자라는 생명을 사회 속에서 느끼고 살아온 모양이다. 낙엽이 툭 툭 진다. 의인화된 낙엽은 저 먼 길 가려고 바람에 몸을 맡긴다.

이미 날린 전세보증금이나 능력 없는 대출이자는 생각할 겨를이 없다. 아무리 한세상 살아온 인생이지만 어디론가 가야 한다. 그 인생들, 떨어지는 낙엽과 별반 다를 게 있으랴. 그래도 설령 노숙자 같은 신세일지라도 그 낙엽의 외로움을 또 다른 외로움이 감싸주며 희망을 버리지 말자는 메시지를 던진다.

정순자 시인은 한라산문학동인회에서 17~18년 동안 시 공부를 해왔다. 등단이라는 절차를 마친 지도 11년이나 되었다. 이제 벼르고 망설이던 그 첫 시집을 내고 있으니 본인은 물론이겠지만 나도 마음이 설렌다. 한라산문학동인들은 정순자 시인을 '다향

선생'이라 불러왔다. 본인이 불러주길 바라는 이름인지 알 수 없으나 시인이 풍기는 느낌을 보면 필자도 '다향(多香)'이라는 호명에 공감한다. 여러 차의 향기처럼 은은하고 모임에서도 늘 조용하다. 이제 70 평생을 채웠으니 그동안 축적된 체험들을 바탕으로 시를 창작할 여력이 많으리라 본다. 이 첫 시집 출간을, 37년 역사의 한라산문학동인들과 함께 큰 박수로 축하하며 대기만성하기를 기대해 본다.

외로움은 외로움끼리 모여 산다

2024년 5월 1일 초판 1쇄 발행

지은이 정순자
펴낸이 김영훈
편집인 김지희
디자인 김영훈
편집부 이은아, 부건영
펴낸곳 한그루
　　　　출판등록 제651-2008-000003호
　　　　제주특별자치도 제주시 복지로1길 21
　　　　전화 064 723 7580 전송 064 753 7580
　　　　전자우편 onetreebook@daum.net 누리방 onetreebook.com

ISBN 979-11-6867-165-2 (03810)

이 책은 제주특별자치도와 제주문화예술재단의
2024년 제주문화예술재단 지원사업 후원을 받아 발간되었습니다.

값 10,000원